Muñequita rubia

PATRICK MODIANO   y   PIERRE LE TAN

presentan

MUÑEQUITA RUBIA

DE PIERRE-MICHEL WALS

En traducción de Emilio Manzano

ANAGRAMA

MMXXIII

TEATRO DE LAS ARTES • PAUL O'DONNELL

Título de la edición original:
Poupée blonde
© P.O.L. éditeur
París, 1983

Ilustración: © Pierre Le-Tan
Maquetación, diseño y rotulación: Sergi Puyol

Primera edición: *junio 2023*

Diseño de la colección: Julio Vivas y Estudio A

© De la traducción, Emilio Manzano, 2023

© EDITORIAL ANAGRAMA, S. A., 2023
Pau Claris, 172
08037 Barcelona

ISBN: 978-84-339-0625-0
Depósito legal: B. 5626-2023

Printed in Spain

Liberdúplex, S. L. U., ctra. BV 2249, km 7,4 - Polígono Torrentfondo
08791 Sant Llorenç d'Hortons

Mi Simone,
te debo emociones
tan bellas...
Un beso

Jean

SIMONE PAUL-O'DONNELL
Directora del Teatro de las Artes

Pierre-Michel Wals en compañía de su madre

En cuanto vi entrar a Pierre-Michel Wals en mi oficina, aquella tarde gris de noviembre, me sorprendió... me hechizó... me encantó... un rayo de sol y de juventud. No me hacía falta leer la obra que me traía ese chico alto y tímido. Me gustaba ya su musiquilla. Y espero que a París le guste también. Lo deseo de todo corazón. Bravo, Pierre-Michel... Buena suerte, *Muñequita rubia...*

Siempre tuya...

Simone Raul-O'Donnell

Cenas ★ Resopones ★ Espectáculo

Lucy's

8, Rue Daunou (Opéra)

DESDE 1851

TRADICIÓN
CALIDAD
PRESTIGIO

PHILIPPE · VACHERAN

Ginebra

Alta Mar

CABARET

AMBIENTE MASCULINO

ABIERTO TODA LA NOCHE

4 RUE SAINT-AUGUSTIN · PARÍS 2

PARÍS   NIZA   VICHY

TAMOUSIÉ

GRABADOR HERALDISTA

21 RUE D'ALGER · PARÍS 1

Nicole de Houx

Sophie Knudsen

Dick Dormeur   *Jacques Vendôme*   *Michel Maraize*

SMART

*EL REFRESCO
DEL PARÍS ELEGANTE*

Claude y Bruno Vaulette

Los peinados son de Gabriel Garland

La señorita Nicole de Houx viste de diario creaciones
de Bob Bugnand

Para completar su conjunto en *Muñequita rubia*,
la señorita Sophie Knudsen ha escogido al maestro
zapatero Léandre, que ha realizado para ella
modelos de perfección y curvatura.

Paul-Raymond

Milos

«MUÑEQUITA RUBIA»

Obra de Pierre-Michel Wals

Geneviève Marca-Rosa . . . . Nicole de Houx

Louise Bermondsey . . . . Sophie Knudsen

Aldo Eykerling . . . . Dick Dormeur

Félix Decaulaert . . . . Michel Maraize

Guy Marca-Rosa . . . . Jacques Vendôme

Los niños . . . . Claude y Bruno Vaulette

Y la participación de Monika Burg, Luisa Colpeyn, Philippe
Dehesdin, Michel Flamme, Monique Joyce, La Jana, Max
Montavon, Christiane Muller, Lydia Rogger, Claude Romain.

Puesta en escena de Paul-Raymond
Decorados y vestuario: Milos

La música es de Hugues de Courson

LOS PERSONAJES

ALDO EYKERLING: 39 años

GUY MARCA-ROSA: 39 años

GENEVIÈVE MARCA-ROSA: 39 años, su mujer

LOUISE BERMONDSEY: 20 años

FÉLIX DECAULAERT: 20 años

Las cinco de la tarde. El gran salón de un chalet de montaña. Impresión de estar en pleno cielo. Colores estivales de atardecer. Geneviève dispone lentamente sobre una mesa tazas, tostadas, mermeladas, etc., para el té. La radio está encendida. Música. La música se ve interrumpida por la voz de un locutor.

VOZ DEL LOCUTOR, *muy suave, casi inmaterial*
Y a continuación, queridas y queridos oyentes, otro éxito de hace veinte años que algunos de ustedes recordarán con ternura y que los más jóvenes descubrirán con curiosidad: «Muñequita rubia», por el grupo de los Peter Pans...

VOZ DE UN SEGUNDO LOCUTOR,
aterciopelada y afectada
Los Peter Pans... Qué idea tan encantadora, la de ese grupo musical: ponerse bajo la advocación de Peter Pan, el niño que no quiere envejecer... Yo vi ac-

tuar a los Peter Pans en sus comienzos, en el Palladium, hace veinte años...

Geneviève se ha sentado y escucha, el mentón apoyado en las palmas de las manos, los codos sobre la mesa.

PRIMER LOCUTOR
¿Cómo eran los Peter Pans? Cuéntenos...

SEGUNDO LOCUTOR
Pues la verdad es que llamaron enseguida la atención con su primera canción, «Muñequita rubia», que escucharemos enseguida...

La luz ha bajado mientras se oía el principio de «Muñequita rubia» y aparecían lentamente Louise, Aldo, Guy y Félix, de pie, paralizados como en un grupo de figuras de cera del museo Grévin.

A la batería estaba Aldo Eykerling... Guy Marca-Rosa tocaba el bajo... El heredero de los famosos perfumes Marca-Rosa... A la guitarra, Félix Decaulaert... Y la cantante se llamaba Louise Bermondsey...

Durante los minutos que dura la canción, Aldo, Guy, Félix y Louise mantienen su inmovilidad de figuras de cera, bajo una luz cenicienta. La canción se termina y la luz se aclara lentamente. Aldo, Guy, Félix y Louise han desaparecido como si los cuatro hubiesen sido una aparición fantasmal. Geneviève permanece sentada, acodada a la mesa. Eco lejano de un canto tirolés.

Aldo y Guy entran en la sala de estar. Se ve que han estado esquiando todo el día. Se instalan en la mesa donde está Geneviève.

ALDO
¡Cinco veces la pista roja del Moldau!

GENEVIÈVE
¿Cinco veces?

GUY
Yo he bajado seis veces la pista ópalo del Schwarz-wald...

ALDO
Yo, ocho veces el Alpenpitz...

GENEVIÈVE, *con ironía, girándose hacia Aldo*
¡Una vez más, el doctor Eykerling campeón!

Guy y Geneviève aplauden. Geneviève sirve té a Guy y a Aldo y luego se sirve ella también.

GUY, *a Aldo*
Sírvete jamón de Schizenalp, doctor. Ya verás qué tierno...

ALDO

No, gracias.

GENEVIÈVE, *soplando sobre su té para enfriarlo*
Acaban de poner «Muñequita rubia» en un programa que presenta antiguos éxitos cada día entre las cinco y las seis. Me ha emocionado oír la voz de Louise... Os han citado a todos... El locutor ha explicado que os vio actuar cuando tocasteis por primera vez en el Palladium...

ALDO
¿Cómo se llama ese programa?

GENEVIÈVE
Veinte años después...

GUY
Somos los mosqueteros veinte años después, mi pobre Aldo...

GENEVIÈVE
Sois unos viejos Peter Pans...

GUY
¿Te has fijado, Aldo, en que Geneviève no tiene ninguna arruga?

ALDO
Me he fijado.

GENEVIÈVE
¿Y por qué iba a tener arrugas?

GUY, *a Aldo*
Al final ha sido buena idea hacerte venir hasta aquí, ¿verdad?

ALDO
Excelente, Guy.

GUY
Hacía tanto tiempo que nos prometías venir a pasar unos días en nuestro chalet austríaco...

ALDO
Ahora que he vendido el piso, no descarto acabar como vosotros, viviendo en las montañas...

GENEVIÈVE
Nosotros no estamos acabados, Aldo...

GUY
Desde luego que no. Si te instalas en nuestras montañas ya verás que aquí la vida comienza de nuevo...

GENEVIÈVE
Introducirías la acupuntura en el Arlberg y tu clientela sería tan numerosa como en París...

ALDO
Me pregunto por qué me he quedado en París hasta ahora... Cada vez tenía más clientes, pero me sentía mal yo solo en aquel piso...

GUY
Ven a instalarte aquí con nosotros, Aldo... Esquí y bobsleigh en invierno, tenis en verano... Tenemos muchísimos amigos...Vamos a casa de unos y otros en Kitzbühel, Sankt Anton o Schruns...

ALDO
Entonces, ¿creéis que he hecho bien al vender nuestro antiguo piso?

GUY
Claro que sí, Aldo... Jamás pude entender por qué te obstinabas en vivir en aquel piso...

ALDO
Al principio era por fidelidad al pasado... Cuando vosotros os casasteis y desaparecieron Louise y Félix, quise conservar el lugar en el que habíamos vivido los cuatro...

GUY
Nosotros con París ya hemos pasado página definitivamente, ¿verdad, Geneviève?

GENEVIÈVE
He olvidado París.

ALDO

Haces bien, Geneviève. Supongo que con esta
nieve tan blanca uno se olvida de todo. En París, en
el piso, no podía evitar pensar en la época de nuestros
veinte años...

GUY

Pero si todavía tenemos veinte años, Aldo... Todavía...

ALDO

He pensado mucho en los que nos dejaron...
Louise... Félix...

Una pausa.

GUY

Me parece que ya iba siendo hora de que vinieras
al Arlberg para animarte un poco...

ALDO

¿Pensáis alguna vez en Félix y Louise?... Me pregunto si hoy nos reconocerían...

GUY

No hemos cambiado...

ALDO

Sí, hemos cambiado. Pienso a menudo en Louise...

GENEVIÈVE, *tímidamente*
¿Y Félix? ¿Has llegado a saber lo que le pasó?

ALDO
Fue el único de nosotros que continuó con la música. Desapareció durante una gira en Alemania... Se dijo que había sido asesinado por un marino indonesio en Hamburgo... Pienso en Félix y Louise porque me parece... extraño que no estén aquí, con nosotros... ¿No creéis?

GUY, *agitado*
¿Te importa que me fume una pipa, Aldo?

ALDO
¿Ahora fumas en pipa?

GENEVIÈVE
Yo lo encuentro ridículo...

GUY, *agitado*
La pipa es un instrumento indispensable para el montañés...

Una pausa. Guy parece estar escuchando algo. Su rostro se ha crispado. Aprieta el brazo de Aldo.

Aldo... ¿No oyes algo? ¿Un sonido de motor diésel?

ALDO
No...

GENEVIÈVE

Que no, Guy... No hay ningún sonido de motor diésel...

GUY

¿Estáis seguros? De veras que me parece oír un motor diésel...

GENEVIÈVE

Algún día tendrás que quitarte esa idea de la cabeza... (*Volviéndose hacia Aldo.*) Es una verdadera obsesión, ese motor diésel...

GUY, *a Aldo*

Te lo voy a explicar, Aldo... ¿Te acuerdas de Séverin? Iba a nuestra clase en el instituto Chaptal... Estaba interno... Un chico de provincias rubio, con una cara huesuda de inquisidor... Llevaba una bata gris remendada, pantuflas y una navaja suiza colgada del cinturón en una funda de cuero... El primero de la clase en todas las asignaturas, incluso en deporte...

ALDO

¿Era aquel que siempre nos espiaba?

GUY

Exacto... Quería que nos confesáramos con él cada semana... Y además le encantaba anunciar catástrofes... Naufragios... Terremotos... Lo habíamos apodado el Cuervo... Había comenzado a trabajar en prensa escribiendo necrológicas... A mí no me dejaba ni a sol ni a sombra y me sermoneaba... Cuando formamos nuestro grupo de los Peter Pans contigo, Louise y Félix y tocábamos en el Palladium, se apostaba en la entrada y nos espiaba, con los brazos cruzados... Como si nos reprochara algo o esperara que nos rompiésemos la crisma...

GENEVIÈVE
Olvídalo ya, Guy...

GUY
Me lo encontré por casualidad en la calle durante nuestra última visita a París... Un espectro... Conducía un coche viejo con motor diésel... Me interrogó durante toda la tarde... Y me sermoneó, como de costumbre... Nunca pudo perdonarnos el éxito de nuestro disco, hace veinte años...

GENEVIÈVE
¿De verdad crees que todo eso aún tiene importancia?

GUY
Estaba al corriente del suicidio de Louise... Me dijo que lo había previsto... Le parecía completamente anormal e inmoral que hubiésemos tenido tanto éxito y tanto dinero, tan jóvenes... Un éxito muy efímero que solo podía terminar en catástrofe, me dijo... Es un tipo al que le gustan las catástrofes... Un carroñero... Un enterrador... Merodea por los vertederos como una rata...

GENEVIÈVE
Tranquilízate, Guy...

GUY
Cometí la estupidez de decirle que vivo en Austria... Ojalá no encuentre nuestra dirección... La angustia me paralizaba ante él... Si hubieses oído aquella voz grave, si hubieses visto aquella especie de dignidad severa y eclesiástica con las que acabó por sacarme quinientos francos...

ALDO
¿A qué se dedica?

GUY
Al periodismo, por lo visto... Su especialidad son las «catástrofes», los asesinatos, los dramas, los escándalos... Aspira a denunciar todas las perversiones... Está al acecho constantemente... Recorre París y hurga en todas las basuras... A sus cuarenta años todavía lleva su bata gris, su navaja suiza y sus pantuflas... Es el mismo que en el instituto, pero en decrépito... Un poco como esos viejos boy scouts que no quieren dejar el uniforme... Me da pánico, Aldo... Todo el rato me parece oír un motor diésel...

GENEVIÈVE, *a Aldo*
No te puedes imaginar lo que llega a fastidiarme con su historia del motor diésel... Se despierta sobresaltado por las noches...

GUY, *interrumpiéndole*
Es que vosotros no visteis a Séverin como lo vi
yo... Es terrorífico... La mismísima estatua del Co-
mendador...

ALDO
Ahora que me hablas de él, recuerdo que vino
cuando compramos el piso con los derechos de autor
del disco... Quería visitar el lugar de los hechos...
Hasta el más pequeño trastero... Incluso tomaba no-
tas en un cuadernito... Parecía un agente judicial...
Tenía un aire tan sombrío y amargado que pensé que
venía a ejecutar un embargo.

GUY
No nos perdonaba el éxito de nuestro disco...
Hasta ese momento se creía el mejor de todos... Pre-
paraba su ingreso en la École Normale Supérieure...

GENEVIÈVE
¿Vais a seguir hablando mucho rato de ese fantasma?

GUY
Acuérdate, Geneviève... No soportaba a las mujeres... Se negaba a dirigiros la palabra, a ti y a Louise,
cuando veníais a esperarnos a la salida del instituto.
Leía *Las muchachas* de Montherlant...

ALDO
Incorruptible, el pobre Séverin...

32

GUY

Robespierre... Nos habría enviado con mucho gusto al cadalso, de haber podido... En cuanto nuestro grupo de los Peter Pans comenzó a triunfar, envió cartas anónimas a la discográfica, acusándonos de plagios y obscenidades...

GENEVIÈVE

Ya basta, Guy...

GUY

Qué valor has tenido, Aldo, para quedarte en París viviendo en el piso... Yo, en tu lugar, siempre hubiese temido que ese carroñero viniese a llamar a la puerta... En el fondo, es uno de los motivos por los que he querido abandonar París definitivamente: no correr el riesgo de volver a encontrarme con Séverin...

Una pausa.

GENEVIÈVE

Aldo, ¿no crees que deberíamos haber tenido hijos?

GUY

Tendríamos que habernos decidido muy jóvenes... Nuestros hijos ahora tendrían veinte años... Nos ayudarían... Nos darían ánimos... Disiparían las sombras... Mandaría a mi hijo mayor a partirle la cara a Séverin...

Alfombra de
lana
virgen

El chalet

GENEVIÈVE
Estás loco, Guy...

Una pausa.

ALDO, *bruscamente, para cambiar de conversación*
¿Qué planes tenemos para esta noche?

GUY
Celebramos la Nochevieja en casa de unos amigos en Sankt Anton... Ya verás... Es gente encantadora... Nos divertiremos...

GENEVIÈVE
Como antes...

Se levanta. Guy le pasa un brazo por los hombros. Aldo permanece sentado.

ALDO
¿Me permitís que haga una siestecita?

GUY
Sí, pero te despertaremos a las ocho...

GENEVIÈVE
A las ocho en punto. Ya te advierto que bailaremos toda la noche.

Geneviève y Guy caminan hacia la puerta mientras siguen hablando.

GUY
Después de las seis pistas rojas del Diterdin, todavía soy capaz de bailar toda la noche.

GENEVIÈVE
¿Y yo qué? Esta mañana he bajado ocho veces la
pista azul del Moldau.

Salen de la habitación. Se les oye hablar.

VOZ DE GENEVIÈVE
Tengo más aguante que tú, Guy... Recuerda que
la pista azul del Moldau es igual que la del Diterding.

VOZ DE GUY
Por favor, Geneviève, estás de broma...

VOZ DE GENEVIÈVE
Te lo digo en serio.

Una pausa.

VOZ DE GUY
Geneviève... ¿Estás segura de que no oyes un motor diésel?

VOZ DE GENEVIÈVE
Que no, tonto...

*Aldo se tumba en un sofá. La puerta se abre: Geneviève
asoma la cabeza. Mira a Aldo, tumbado en el sofá. Sonríe.*

GENEVIÈVE
Resistimos bien, nosotros tres, ¿verdad, Aldo?

ALDO, *tumbado*
Sí.

Geneviève se acerca, se inclina y posa suavemente los labios sobre los de él. Después se incorpora, camina hasta la puerta y sale cerrándola tras ella.

Se oyen las voces de Guy y de Geneviève.

VOZ DE GENEVIÈVE
Te repito que el Moldau es igual que el Diterding...

VOZ DE GUY
¡Estás de broma!

VOZ DE GENEVIÈVE
¡Es verdad!

VOZ DE GUY
¡Siempre quieres tener razón!

VOZ DE GENEVIÈVE
¡Qué mala fe!

VOZ DE GUY
¿Yo?

Se echan a reír. Sus risas se atenúan, al igual que

sus voces. Aldo, sobre el sofá, ha cerrado los ojos. La luz baja, lentamente. Oscuridad.

Se oyen las risas de un hombre y una mujer. Al principio lejanas, se van acercando, como un eco de las risas de Geneviève y Guy. El sonido de una puerta que se abre. Carcajadas. A partir de ahora, todo debe dar la impresión de ser un sueño...

VOZ DE MUJER

Es curioso... Nunca encuentro los interruptores...

VOZ DE HOMBRE

Yo tampoco.

Carcajadas. De golpe, la luz. Un gran salón de un piso parisino, abierto a una terraza de varios niveles. Impresión de estar en pleno cielo. Hacia la derecha, al borde de la terraza, está puesta una mesa con cinco cubiertos. Mantel blanco. Cristalería, velas, flores, bolsas de cotillón, ramas de acebo. Frente a cada cubierto, paquetes envueltos en papel plateado, atados con cintas color de rosa.

Un chico y una chica de veinte años: Louise y Félix.

LOUISE *señala la mesa puesta.*
Tono infantil y maravillado

¿Has visto?

FÉLIX, *los ojos muy abiertos. Alza los brazos*

¡Oh!

39

LOUISE

Da la vuelta a la mesa. Frente a cada cubierto, en una tarjeta, el nombre de los invitados. Señala los cubiertos con el dedo, y, a medida que avanza, apoya la mano sobre el respaldo de las sillas...

Geneviève... Guy... Yo estoy aquí... Aldo allí... Y tú aquí...

FÉLIX

Es fantástico... Estamos sentados juntos...

LOUISE

Sí, pero no quiero que Aldo esté junto a Geneviève...

Cambia de sitio las tarjetas.

FÉLIX

¿Estás celosa?

LOUISE

Incluso cuando Aldo y yo estemos casados, estoy segura de que siempre tendrá debilidad por Geneviève...

FÉLIX

¡Qué tonterías estás diciendo!

LOUISE

Tengo ganas de abrir los paquetes...

Félix se dirige hacia ella, como para interponerse.

FÉLIX
No, no, Louise... A Aldo no le gustaría...

LOUISE, *señalando el sitio del joven*
Tu paquete es más grande que el de los demás...
(*Una pausa.*) ¿Te gusta mi vestido, Félix?

Félix mira atentamente a Louise.

Sweeney me lo ha hecho especialmente para esta noche...

FÉLIX
Espera... Hay algo que falla...

Corrige un pliegue del vestido.

Ya está. Sweeney es un gran modisto, pero estos pequeños detalles no le interesan...

Louise se echa sobre el diván y suelta un suspiro de cansancio.

LOUISE
Ni siquiera he tenido tiempo de desmaquillarme...

Félix acaricia los paquetes que hay sobre la mesa.

41

FÉLIX, *en voz baja*
Rápido, hay que ir a buscar el regalo de Aldo...

LOUISE
Espera un poco... Deja que tome aire...

Félix sale de la habitación y vuelve arrastrando un paquete enorme cubierto de cintas azules y rosas.

Louise se levanta y ayuda a Félix a arrastrar el paquete hacia la mesa.

Es demasiado grande para ponerlo encima de la mesa...

Lo depositan sobre el asiento que ocupará Aldo.

El teléfono suena.
Félix descuelga.

FÉLIX
No... No están aquí... No... No... Le aseguro que es verdad...

Una pausa.

Sí... Sí... Se lo diré... Sí... Muy bien... Adiós...

Cuelga.

LOUISE
¿Quién era?

FÉLIX
Ese viejo tiburón de Dorsay... Quiere organizarnos una gira para este verano. Pero los Peter Pans no entraremos en su juego...

El teléfono suena otra vez.
Félix descuelga.

(*Disimulando la voz.*) No... No... No están... No... Se lo diré.

Cuelga.

Era para una gala en el Palladium... Preguntan si podríamos ir a tocar...

LOUISE
Ya hablaremos.

UNA VOZ DE HOMBRE, *procedente de la habitación contigua*
¿Estáis ahí?

FÉLIX
Estamos aquí, Aldo.

El teléfono suena otra vez.

LA VOZ DE HOMBRE
No contestes. No vale la pena.

El teléfono continúa sonando.

¿Y Guy y Geneviève?

LOUISE
Aún no han llegado, Aldo.

UNA VOZ DE HOMBRE
Louise...

LOUISE
Sí...

VOZ DE ALDO
¿Ya has terminado tu actuación?

LOUISE
Sí... Esta noche he pedido actuar excepcional-
mente antes que el trío Mercédès... Les he dicho que
debía pasar la Nochevieja en familia... A las once había terminado...

VOZ DE ALDO, *con ironía*
¿Qué les has cantado, Louise?

LOUISE
Nuestra canción...

Se oye a Aldo silbar el estribillo de «Muñequita rubia». Louise canturrea al mismo tiempo.

FÉLIX
Siempre la misma canción...

LOUISE
¡He salido diez veces a saludar!

VOZ DE ALDO
A la gente le gusta mucho nuestra canción...

El teléfono suena otra vez sin que nadie conteste.

Guy y Geneviève no se tendrían que retrasar demasiado.

LOUISE
Deben de estar con la pandilla de la plaza Henry-Paté.

VOZ DE ALDO
Seguramente. Se han olvidado de que les esperamos...

Félix ha cogido el teléfono y marca un número.

FÉLIX
¿Oiga?... Guy... ¿Se puede saber qué hacéis?... Claro... Para la Nochevieja, Guy... Los regalos os esperan... (*Una pausa.*) Vale... Vale... Me espabilaré... Hasta ahora...

Cuelga.

VOZ DE ALDO

¿Qué pasa?

FÉLIX

Hay que ir a buscarlos.

LOUISE

Voy contigo.

VOZ DE ALDO

Vas a tener frío, querida...

LOUISE

Qué va... No te preocupes...

Félix se pone el abrigo frente a la ventana.

FÉLIX, *mirando por la ventana*

Aldo... Qué magnífica noche de año nuevo. Está nevando... Hace un rato que he pasado caminando por la plaza de la Concordia... No había ninguna iluminación, pero la nieve era fosforescente, parecía de día... Y ese silencio... Oía el sonido de mis pasos en la nieve... ¿Sabes en qué he pensado?...

ALDO

No...

FÉLIX

En las Nocheviejas de mi infancia, en las Ardenas belgas.

VOZ DE ALDO

Pero si todavía somos unos niños, Félix... Tenemos toda la vida por delante...

LOUISE

Es verdad.

FÉLIX

Sí, es verdad...

VOZ DE ALDO

Sed prudentes. Id con cuidado en la oscuridad.

Félix se dirige hacia la puerta.

FÉLIX

Todavía somos unos niños, ¿verdad, Aldo?

Sale. Se le oye silbar el estribillo de la canción.

Louise está junto a la puerta, con el abrigo puesto.

LOUISE

Aldo... Pronto será el año nuevo... ¿Me seguirás queriendo igual?

VOZ DE ALDO

Todavía más... ¿Y tú?

LOUISE

¿Aún más que a Geneviève?

VOZ DE ALDO

Claro. Solo te quiero a ti.

La luz baja paulatinamente.

LOUISE

En cualquier caso, yo te querré toda la vida.

El teléfono suena sin que nadie conteste.

VOZ DE FÉLIX, *en la escalera*

¡Louise! ¿No vienes? Si no, ya se habrán ido...
Como si no los conociéramos...

Louise sale. Semipenumbra. Carcajadas que se van apagando en la escalera. Félix silba el estribillo de la canción. El silbido se oye cada vez más lejano.

Cuando vuelve a reinar el silencio, Aldo entra en la habitación casi a oscuras. Solo se distingue su silueta. Se dirige a la mesa y enciende las velas una a una. Silba el estribillo de la canción. Palpa el paquete enorme que Louise y Félix han colocado sobre su silla. Se acerca a la ventana. La nieve cae, como en una postal de Navidad. Está de espaldas.

48

ALDO
Pues claro que todavía somos unos niños...

La luz baja. Oscuridad total. Al cabo de un momento, la luz vuelve, gradualmente. Es una luz de final de día de verano. El salón es el mismo, pero la mesa de Nochevieja ha desaparecido.

Aldo está sentado. El timbre de la puerta suena dos o tres veces. Un timbre agudo, como el de los teléfonos antiguos.

ALDO
¡Pasen! ¡La puerta está abierta!

Entra Louise. Al principio apenas se la distingue.

¿Quién es?

LOUISE, *en el umbral*
Disculpe... Me he equivocado.

ALDO *camina hacia ella*
¿Qué quiere usted?

LOUISE
Me he equivocado de piso.

ALDO
¿A qué piso va?

LOUISE
Al octavo.

ALDO
Pues estamos en el octavo.

LOUISE, *sorprendida*
¡Qué va!

ALDO
Seguramente habrá visto usted el anuncio en el periódico.

LOUISE
¿Qué anuncio?

ALDO
El piso está en venta.

LOUISE
¿Ah, sí?

ALDO
Pensé que venía por el anuncio...

LOUISE
No... Vivo en este edificio con unos amigos. Igual usted los conoce...

ALDO
No conozco a los otros inquilinos.

50

Pipa de
brezo

Guy

Marca-Rosa

Atuendo
de montaña

Chaqueta
tirolesa
gris y verde

Pantalón
de piel

Milos

LOUISE

Vivimos todos en el mismo piso. Somos músicos...

ALDO

Qué coincidencia... Yo también me dediqué a la música, pero me resulta tan lejano y brumoso...

LOUISE

Hemos creado un grupo llamado Louise Bermondsey y sus Peter Pans... Louise soy yo... Soy la cantante... Los otros tres me acompañan a la guitarra, el bajo y la batería. ¿Nunca se ha cruzado con nosotros en las escaleras?

ALDO

Nunca me cruzo con nadie en las escaleras.

LOUISE

Tal vez nos haya oído... Hacemos mucho ruido cuando ensayamos nuestras canciones. Hemos tenido un gran éxito con «Muñequita rubia»... ¿La conoce?

Louise tararea la canción.

Gracias a los derechos de autor de esta canción nos hemos comprado el piso... Es algo raro ganar tanto dinero a los dieciocho años...

Una pausa.

¿Le gusta mi vestido nuevo? Me lo ha hecho Sweeney para las actuaciones...

ALDO
Pero ¿qué está diciendo?... Eso es imposible, a su edad... Sweeney cerró su taller de costura hace mucho tiempo...

LOUISE
¿Sweeney ha cerrado su taller?

ALDO
Me pregunto qué habrá sido de él.

LOUISE
¿Lo conoce?

ALDO, *evasivo*
Oír su nombre me ha evocado un vago recuerdo... Sweeney...

LOUISE, *estupefacta*
¿Un vago recuerdo?

ALDO
Muy vago.

LOUISE
¿De verdad?

ALDO
No consigo recordar qué cara tenía, ese Sweeney.
¿Era moreno? ¿Era rubio?

LOUISE
Es moreno, por supuesto.

ALDO
ERA moreno.

LOUISE
Es alto y habla con un ligero acento inglés.

Aldo se coloca frente a ella. La mira fijamente. Una pausa. Pasa una mano por el contorno del rostro de Louise.

ALDO
Qué raro... Me recuerda a alguien...

La mira cada vez más fijamente.

Claro que sí... Conocí a alguien, hace tiempo, que se parecía a usted...

LOUISE
Su cara, en cambio, no me dice nada.

ALDO, *gesto amplio que engloba la habitación*
Bueno, seguramente desea usted visitar el piso. Esto era el salón.

LOUISE *señala una esquina en el lado derecho del salón*
Aquí había una mesa...

ALDO
¿Cómo lo sabe?

LOUISE
Una noche estábamos reunidos en torno a esa mesa para celebrar la Nochevieja...

ALDO
Ha habido tantas Nocheviejas...

LOUISE
Éramos cinco en torno a la mesa...

ALDO *se acerca a ella y le acaricia el cabello*

Una pausa.

Sí... Éramos cinco...

Louise también lo observa fijamente.

Una pausa.

LOUISE
¿Aldo, eres tú?

ALDO
Sí, soy yo. ¿Por fin reconoces a uno de tus Peter Pans?

55

Louise asiente.

LOUISE
Reconozco tu voz.

ALDO
¿He cambiado?

LOUISE, *observándolo*
Sí. Yo no quería envejecer...

ALDO
Y fue por eso por lo que...

LOUISE
¿Cuánto tiempo hará?

ALDO, *al parecer sin oírla*
Fue algo terrible para mí... A partir de ese momento todo comenzó a ir mal...

LOUISE
Lo siento mucho, Aldo.

ALDO
No le demos más vueltas... Pero ¿por qué nunca me dijiste nada?

LOUISE, *bruscamente*
¿Y tú, a qué te has dedicado todo este tiempo?

ALDO
Nada. Dejé la música. Me consagré a la medicina... La acupuntura... Fue necesario encontrar una profesión seria...

LOUISE
No me interesa. ¿Te gusta mi vestido, Aldo?

Louise se echa despreocupadamente sobre el sofá.

ALDO
Tu manera de echarte sobre los sofás no ha cambiado...

Mira atentamente a Louise.

LOUISE
Entonces, ¿qué te parece el vestido que me ha hecho Sweeney para las actuaciones?

ALDO
Sweeney... Todo eso es tan lejano... Tengo la sensación de que aquella época de nuestra vida la cubrió una especie de banquisa y que habría que romper una capa de hielo a golpes de pico...

LOUISE, *irónica, interrumpiéndolo*
Eso resultaría muy cansado, Aldo... ¿Has conservado las fotos y los discos de Louise Bermondsey y sus Peter Pans?

ALDO

No.

LOUISE

Tú eras el más guapo de los Peter Pans, más guapo que tu amigo Guy Marca-Rosa... ¿Cómo está Guy, por cierto?

ALDO

No lo sé. Hace mucho que no tengo noticias suyas.

LOUISE

¿Y Geneviève?

ALDO

¿Geneviève? ¿Qué Geneviève?

LOUISE

Geneviève la indochina... La novia de Guy.

ALDO

¡Ah, sí!... Geneviève... ¡Oh!... Supongo que se casaron...

LOUISE

Yo estaba celosa de ella...

ALDO

¡Pero qué dices!... Si yo te quería a ti...

LOUISE
¿Ah, sí? ¿De verdad?

Una pausa.

¿Y Félix Decaulaert?

ALDO
Félix... El tercer Peter Pan... Desapareció.

LOUISE
Era un encanto, Félix... Y tocaba tan bien la guitarra...

Louise silba lentamente el estribillo de la canción «Muñequita rubia». Deja de silbar y mira a su alrededor.

Tu piso se ha vuelto lúgubre. Ni siquiera tengo ganas de ir a ver mi antigua habitación... ¿Cómo lo haces para poder vivir aquí solo?

ALDO
Vivo.

LOUISE
¿Ya no tienes muebles?

ALDO
No. Los vendí. Excepto una butaca y una cama. Así es mejor.

LOUISE

¿Y la terraza?

ALDO

¿Qué terraza?

LOUISE

Aquella terraza tan grande de arriba... Con vistas a todo París... Habíamos puesto árboles, una fuente, plantas tropicales e incluso una caseta de jardinero donde a veces iba a dormir...

ALDO

Todo está echado a perder...

LOUISE

Qué lástima dejar que las cosas se echen a perder... (*Mira a su alrededor.*) Siempre había mucha gente aquí... A veces ni siquiera podíamos entrar de tan apretujados como estaban... ¿Y los que esperaban a la puerta del inmueble para pedirnos autógrafos? ¿Y ahora ya no viene nadie?

ALDO

Después de tantos años la gente se ha olvidado de Louise Bermondsey y sus Peter Pans.

LOUISE

¡Oh! Yo nunca hubiese soportado envejecer. ¡Qué horror!

ALDO, *con ironía*
Hubiésemos podido envejecer juntos...

LOUISE
¿Tú crees?

ALDO
La vejez tiene también sus pequeñas alegrías...
Yo, por ejemplo, ¿sabes cómo paso las tardes?

LOUISE
Cuéntamelo, Aldo... Explícamelo todo...

ALDO
Voy a unos grandes almacenes... Escojo un rincón donde pueda sentarme y observar... Tomo el ascensor... Subo al tercer piso y paso un cuarto de hora o veinte minutos en el rellano... Después, vuelvo a subir con el ascensor hasta el quinto piso... De nuevo una parada en el rellano... Vuelvo al ascensor y ahora voy a la planta baja... Y una vez allí, después de una pausa de cinco o diez minutos, me digo: ¿Y si subiera por las escaleras mecánicas? O si no, me propongo pequeños objetivos... Por ejemplo, darle la vuelta dos veces a los grandes almacenes, ir a la sección de perfumería y volver por la papelería; ir a vigilar la entrada principal... Volver a tomar el ascensor...

LOUISE
¿Eso es lo que haríamos si hubiese envejecido contigo?

O si no, escojo la terraza de un café..., pido una menta. Me la tomo de un sorbo. Después me apuesto a unos diez metros del café y me quedo allí, con la mirada clavada en la mesa en la que estaba hacía unos instantes... Contemplo el vaso vacío, la silla VACÍA... Es curioso, mirar el sitio en el que uno se encontraba minutos antes y constatar que no queda ningún rastro suyo... a excepción de un vaso vacío y una cucharilla pegajosa... ¿Qué opinas?

LOUISE, *sonrisa*
Nada. Mi pobre Aldo... No es posible...

Louise se echa a reír.

Un timbrazo, luego otro, prolongado.

¿Esperabas a alguien?

ALDO
No. A nadie.

Aparecen Guy Marca-Rosa y Geneviève. Guy se dirige, rígido como un autómata, hacia Aldo y Louise. Su rostro está demudado. Geneviève, muy tranquila, le sigue a distancia.

GUY, *turbado*
Aldo... ¡Está abajo! ¡Está abajo!

ALDO
¿Quién está abajo?

LOUISE, *al borde de la terraza*
Te dejo... Voy a visitar el piso... ¿Puedo subir a la terraza?

ALDO
Si encuentras la llave...

Louise se eclipsa, sin haber prestado ninguna atención a Guy y Geneviève.

GUY, *aturdido*
¿Tendrías la bondad de darme una gota de alcohol, cualquier cosa, un cordial, solo para reponerme?

ALDO
Lo siento, no tengo alcohol...

GUY
Te lo explicaré... Ahí abajo hay alguien que quiere hacerme daño.

GENEVIÈVE
Que no, Guy, que no...

GUY
Séverin, nuestro antiguo compañero del instituto Chaptal... Nuestro delegado... Está ahí abajo... Nos acecha... Primero he oído un motor diésel... Era él...

Nos ha visto pasar por el muelle... Me espera abajo... Cree que todavía vivimos aquí...

Guy arrastra a Aldo hacia el ventanal del salón. Geneviève se ha sentado sobre el sofá, indiferente.

¿No lo ves? Lleva una bata gris, pantuflas y una navaja suiza en una funda de cuero colgada del cinturón... Un tipo rubio con cara de ave de rapiña... Mira... Tiene una aureola... como un manto de tristeza...

ALDO
Yo no veo a nadie.

GUY
Que sí... Nos está esperando... Siempre ha querido pillarme desprevenido... Nos sermoneaba... Nos abrumaba con preguntas indiscretas... No le gustaban las mujeres... Ni tampoco los hombres... Era incorruptible... Sus padres le enviaban paquetes de provisiones y comía dientes de ajo... Había quedado primero en los premios de excelencia...

GENEVIÈVE
Tranquilízate, Guy...

GUY
Una mezcla de Robespierre y de Tartufo... Un rostro lampiño de inquisidor... Un bedel vestido con una bata gris y unas pantuflas que rezumaban triste-

za... Y ese motor diésel que anuncia sus llegadas como el zumbido de un moscardón...

Aldo se asoma y mira atentamente hacia abajo.

Acuérdate, Aldo... Nos tiraba bolas de nieve en el patio del instituto... Nunca entendí por qué nos odiaba tanto... Entonces nos reíamos de ese enterrador, pero ahora, con la edad, somos mucho más vulnerables... Nos espera abajo... Ese carroñero quiere encontrar nuestro punto flaco.

ALDO *lo toma con delicadeza por los hombros*
Tranquilo... No hay nadie en el muelle...

Lo acompaña hasta el sofá donde Geneviève está sentada.

No hay nadie en el muelle... No debes preocuparte... Es una tontería ponerse así.

GUY
¿Qué más puedo hacer? Hay cosas que te persiguen toda la vida... Ese tipo pobre, severo, trabajador, estaba resentido conmigo por ser el heredero de los perfumes Marca-Rosa...

ALDO, *señalándole el sofá*
Siéntate.

Guy se sienta junto a Geneviève.

65

GUY
Tendría que haberle pedido perdón de rodillas por ser el heredero de los perfumes Marca-Rosa...

Poco a poco se va calmando. Saca una pipa del bolsillo y la limpia maquinalmente.

Geneviève y yo volvemos de un baile de disfraces.

ALDO
¿Lo habéis pasado bien?

GUY
Ha sido muy extraño. Se celebraba cerca de París, en un castillo llamado Corbeville. Cuando hemos llegado estaba desierto. No había nadie. Nos hemos debido equivocar de día... o de año...

GENEVIÈVE
Al pasar por los grandes bulevares y los Campos Elíseos he tenido la impresión de estar soñando... París me parecía irreal... Hacía diez años que no habíamos vuelto a París...

GUY, *a Aldo*
¿Te molesta si fumo una pipa?

ALDO
En absoluto.

GUY
Me ha conmovido tanto subir esa escalera...

ALDO
¿Queréis ver vuestra antigua habitación?

GUY
Si la memoria no me falla, Geneviève y yo estábamos instalados en la habitación del fondo... Tú escogiste la habitación junto al cuarto de baño pompeyano... Félix dormía en el salón y Louise en la terraza, en la caseta del jardinero...

Una pausa. Guy levanta la nariz.

Qué raro... Huele a Marca-Rosa...

GENEVIÈVE
Es verdad...

ALDO
Seguramente es la muchacha que me hacía compañía hace un rato...

GUY
Es imposible. Los perfumes Marca-Rosa no existen desde la quiebra de papá... No... seguramente soy yo... huelo a perfume Marca-Rosa... una especie de... malformación congénita... Nací perfumado... Cuando era más joven intenté librarme de este olor... Imposible... un olor... *sui generis*... Así me lo dijeron los médicos... Mira... Huele.

Tiende la mano a Aldo.

Este perfume ya no existe... Cuando yo ya no esté, no quedará ningún rastro de él... ¿Sabes cómo se llamaba?

ALDO, *lentamente*
«Arboleda de Apolo». En la época de Louise Bermondsey y sus Peter Pans todos nos perfumábamos con Arboleda de Apolo. Nos traías maletas llenas de frascos...

GUY
Era antes de la quiebra de papá... Parece como si hiciera una eternidad... Al menos cien años...

GENEVIÈVE
¿Qué dices? ¡Por favor!

ALDO, *a Guy*
¿Así que te has puesto a fumar en pipa? Jamás te hubiese imaginado con una pipa.

GUY
Entonces era muy joven... No me habría gustado... La pipa es un placer de madurez.

ALDO
¿Ah, sí?

GUY
Tendrías que probarlo. Se lo aconsejo a todos mis amigos.

Louise
Bermondsey
Vestido de
Sweeney

terciopelo de seda
negra

faya verde

Milos

ALDO
¿Os parece que París ha cambiado?

GENEVIÈVE
Esta noche no. Esta noche, París me ha parecido exactamente como antes... Como en la época de los Peter Pans...

ALDO, *irónico*
Yo también, cuando os he visto entrar, he creído que las cosas iban a empezar de nuevo...

GENEVIÈVE
He recorrido los grandes bulevares y los Campos Elíseos en un sueño... Es una noche realmente excepcional...

ALDO
Sí... Hacia las ocho menos cuarto he subido a la terraza y me ha parecido que llegaba un olor a jazmín... Y al asomarme para mirar los jardines del Trocadéro me ha parecido ver... Sí... Ver...

GUY
¿Ver qué?

ALDO
Palmeras. ¿Tú también, Geneviève, has tenido la impresión de que esta noche París era una ciudad tropical, algo así como El Cairo o Valparaíso?

GENEVIÈVE

Un poco... Nos hemos parado en un café de los Campos Elíseos... Éramos los únicos clientes... El camarero que nos ha servido llevaba un uniforme de soldado colonial, con un turbante y unos bombachos de seda rosa.

ALDO

Ya ves que esta noche hay algo extraño flotando en el aire...

GUY

Os lo ruego... Volved a tierra...

ALDO

¿Os quedáis mucho tiempo en París?

GUY

Hasta final de mes. Espero que tengamos ocasión de volver a vernos de aquí a entonces, mi querido Aldo... Después volveremos a Austria... Nos hemos instalado en el Arlberg. Papá había hecho construir un chalet... Allí pasamos unas vacaciones los cinco, en la época de los Peter Pans... Hasta he encontrado unas fotos en las que estamos todos haciendo bobsleigh... Te diré la verdad: lo único que me queda de papá es el chalet, una renta y... su pipa... (*Tiende su pipa a Aldo, con gesto precavido.*) Lo demás... ¡Fiu! (*Gesto en el aire.*)

ALDO

¿Todo?

71

GUY

Todo.

GENEVIÈVE, *para desviar la atención*
Tendrías que venir a vernos al Arlberg, Aldo.

ALDO
¿Por qué no?

GUY
¿Te acuerdas de papá? Se alegraba tanto del éxito
de nuestro disco... Al principio incluso venía a vernos
actuar al Golf-Drouot... Después de la quiebra se
murió de pena... De todas formas, la casa Marca-Rosa no tenía futuro. (*Una pausa.*) ¡Y eso que había sido
el primer perfume francés, por Dios! ¡Toda la familia
real de Rumanía lo usaba! ¡Papá había sido recibido
en la corte del rey Carlos! ¡Pobre papá!

ALDO
¿Y ahora tú eres el único que queda que huele a
Marca-Rosa?

GUY
Sí, amigo mío. Y estoy muy orgulloso de ello.

ALDO
En el fondo, es el perfume de nuestra juventud...

GUY
Sí, Aldo... Acuérdate de los carteles publicitarios

que hicimos para papá después del éxito del disco: «Louise Bermondsey y sus Peter Pans se perfuman siempre con Marca-Rosa...». No sirvió de mucho... (*Una pausa.*) Esta noche tenemos que divertirnos... Hemos de celebrar nuestro reencuentro, ¿no?

ALDO
De haber sabido que vendríais hubiese preparado champán...

GENEVIÈVE
Me acuerdo a menudo de aquella última Noche-vieja que pasamos juntos con Louise y Félix...

GUY
Entre nosotros, ¿por qué se suicidó Louise? Nos enteramos de su suicidio por el periódico, hace una eternidad... ¿Y Félix, nuestro guitarrista?

ALDO
No he vuelto a tener noticias suyas.

GENEVIÈVE
A mí me parece malsano eso de remover el pasado... Corremos el riesgo de...

Duda.

ALDO
¿El riesgo de qué, Geneviève?

73

GENEVIÈVE

¿No preferís que pensemos en el presente... o en el futuro?

ALDO

Claro que sí... Habladme de vosotros... ¿Sois felices?

GUY

Yo estoy bien. Fumo en pipa.

ALDO, *a Geneviève*

¿Tú eres feliz?

GENEVIÈVE

En la medida de lo posible. ¿Y tú, Aldo?

ALDO, *en voz baja*

No.

GUY

¿Por qué motivo?

ALDO

Temo aburrirte, Guy.

GUY

Hay que tomarse las cosas por el lado bueno... ¿Sabes lo que me decía siempre papá? «La vida es como un espejo. Si le sonríes a la vida, ella te sonreirá.» La vida, ya lo ves, es un poco como... como...

ALDO, *interrumpiéndolo*
Gracias, Guy.

GENEVIÈVE, *mirando a su alrededor*
Dime, Aldo, ¿vives solo aquí?

ALDO
Sí.

GUY
¿Y has puesto el piso en venta?

ALDO
Sí.

GUY
La puerta estaba abierta...

ALDO
La dejo abierta pensando en posibles compradores que vengan a ver el piso... Me cansa mucho ir a abrirles cada vez. De todas formas, el timbre no funciona bien... Aquí ya nada funciona bien, querido Guy...

GENEVIÈVE
Hemos tenido que encender un mechero... Era imposible encontrar el interruptor...

ALDO
Y supongo que te has percatado de que ya no queda ningún mueble...

75

GENEVIÈVE
Me ha costado mucho reconocer nuestro piso...

GUY, *inquieto*
Aldo... ¿El cuarto de baño pompeyano todavía existe, al menos?

ALDO
Algunos trozos, amigo mío.

GUY, *mirando a su alrededor, alterado*
¿Y los muebles?

ALDO
Vendidos.

GUY, *consternado*
¿Has vendido... los dos globos terráqueos de Carlos X?

ALDO
Sí.

GUY, *consternado*
¿Y las pistolas de Von Bülow?

ALDO
Sí.

GUY, *cada vez más consternado*
¿Y el busto de Buffon?

ALDO *hace un gesto con la mano*
Se fue...

GUY, *con un suspiro*
¿Y el escritorio de Madame de Staël?

ALDO
Lo di. Lo único que queda es el retrato de cuerpo entero de nuestro grupo de Peter Pans.

Guy permanece inmóvil, abrumado.

Los otros dos lo miran.

GUY
Hace un rato le decía a Geneviève: «Vamos a ver otra vez el busto de Buffon, el cuarto de baño pompeyano y las pistolas de Von Bülow»... (*Una pausa.*) Pues no ha sido así... Cuando supimos que te habías convertido en un médico acupuntor te imaginamos en el piso... recibiendo a tu clientela... Incluso pensé que te llamarían «profesor» Eykerling, en lugar de «doctor»...

ALDO
Me inhabilitaron...

GUY
¿Te inhabilitaron? ¿Por qué?

ALDO
Oh... Por unas nimiedades... Demasiadas recetas... Despachadas a cualquiera...

GUY

Pregúntale a Geneviève... Siempre se lo decía:
«Aldo siempre saldrá adelante... Aldo vale mucho...».

ALDO

Dilo otra vez...

GUY

Aldo vale mucho...

ALDO

¿Os ha decepcionado el ex doctor Eykerling?

GUY

No... Bueno... Un poco... ¿Todavía te ves con los
amigos de la época de los Peter Pans?

ALDO

Se dispersaron.

GUY

¿Todos?

ALDO

Tú di nombres.

GUY

Mira, por ejemplo, Kopo.

ALDO

¿Aquel que hacía chucu, chucu?

GENEVIÈVE, *que no lo recuerda*
¿Por qué chucu, chucu?

GUY
Era un tipo que no podía estarse quieto... Un manojo de nervios... Para tranquilizarse se ponía a correr por todo el salón imitando el sonido de una locomotora...

Guy avanza unos pasos, con los codos pegados al cuerpo, haciendo «chucu, chucu».

¿Qué se ha hecho de Kopo?

GENEVIÈVE
¡Claro!... Era un chico encantador, Kopo... Tendríais que haberlo metido en vuestro grupo...

ALDO
Lo vi por última vez hace siete u ocho años, en un pasillo del metro. Parecía un músico viejo en paro, con su gabardina raída y su cartera... Solo lo vi de espaldas... Además, era casi invisible...

GUY, *indignado*
¿Invisible, Kopo?

ALDO
Todo en él estaba gastado... Le seguía a unos diez metros y te aseguro que tenía que concentrar toda mi atención para verlo...

GENEVIÈVE

Qué triste...

GUY, *aturdido*

¿Kopo?

ALDO

El pasillo era muy largo... Por momentos Kopo desaparecía... Y luego aparecía una vaga silueta gris... Parecía un intermitente cada vez más débil...

GENEVIÈVE

¿Un intermitente?

GUY

¿Por qué no le diste una palmada en el hombro?

ALDO

Seguro que era intangible. Desde entonces se habrá volatilizado.

GUY

¿Kopo? Estoy seguro de que viene en la guía telefónica. Lo buscamos y le hacemos una llamada.

ALDO, *serio*

No lo busques...

GENEVIÈVE, *a Aldo*

Adivina a quién vi una noche, en una sala de fiestas de Lisboa, en una mesa junto a la nuestra. A Leo Bayer...

GUY

Es verdad, Aldo... Aquel representante un poco turbio que nos hizo firmar nuestro primer contrato... ¿Te acuerdas? En su tarjeta de visita estaba impreso: «Leo Bayer, agente lírico»...

ALDO

¿Leo Bayer? ¿Aquel que iba siempre vestido de beige?

GENEVIÈVE

Era de la pandilla de la plaza Henri-Paté...

GUY, *exaltado*

Un piso en la planta baja... La pandilla de la plaza Henri-Paté...

ALDO

Claro... Leo Bayer...

GENEVIÈVE

Lo saludamos... No nos reconoció... La mujer que lo acompañaba parecía aún más vieja que él...

GUY

Una especie de puta hawaiana.

GENEVIÈVE

Tenía la mirada perdida... Los ojos blancos, completamente BLANCOS... Parecía que no entendía el francés...

GUY

¿Te das cuenta?... Leo Bayer...

GENEVIÈVE

Abrió la boca... Me pareció que quería hablarme y que hacía unos esfuerzos terribles para pronunciar las palabras... Pero no lo conseguía... Apenas dos o tres borborigmos...

GUY

Yo diría más bien unas burbujitas...

GENEVIÈVE

Al cabo de un rato giró la cabeza... Entonces nos fuimos.

GUY

Aún no me lo puedo creer... ¡Un tipo que era siempre el alma de la fiesta!... Intenté hablarle de la plaza Henri-Paté... (*Movimiento de cabeza*.) ¡NADA!

ALDO, *pensativo, a Guy*

Y los hermanos Guérin... Los dos atletas... Yvon había sido Míster Alemania... Tocaban tan bien la batería... No hace mucho aún se les podía ver en el Café Deportivo de la Puerta Maillot, frente a sus vermuts, sentados el uno frente al otro, con unas caras coloradas de bulldogs...

GUY, *interrumpiéndolo*

¡Cállate!

Una pausa.

¿Y las terrazas, Aldo?

ALDO

¿Las terrazas?

GUY

¡Las terrazas! Había cinco o seis a diferentes niveles. ¡Se subía por unas escaleras y unos pasillos muy complicados! Parecía que viajaras en un transatlántico... ¡Había matorrales de ligustro y macizos de flores por todas partes! ¡Y arboledas! ¡Y casetas para recogerse! ¡Un laberinto de vegetación! Como en un transatlántico... ¿Puedo ir a ver las terrazas?

ALDO

Sí. Te encontrarás con una conocida nuestra...

GUY

Gracias, Aldo.

ALDO

Todo se hunde, ¿sabes?

GUY, *saliendo*

¡Gracias, Aldo! ¡Gracias! (*Off.*) Espero no haber olvidado el camino... Hay tantas crujías...

Sale por la terraza.

Aldo y Geneviève permanecen callados algunos segundos.

ALDO, *cortés*
No tendríais que haber venido...

GENEVIÈVE
Hemos visto luz en una de las ventanas del piso...
Me ha parecido que nos hacías una señal... ¿Qué tontería, verdad?

ALDO
No. Es muy amable por tu parte, pero no estaba llamando a nadie.

GENEVIÈVE, *tímida*
Aldo...

ALDO
¿Sí?

GENEVIÈVE, *cohibida*
No nos hemos visto desde hace una eternidad y no tenemos nada que decirnos...

ALDO
Un poco de paciencia... Tenemos que relajarnos.
¿Quieres que hagamos unos ejercicios de respiración?

GENEVIÈVE, *muy bajito*
¿Qué te pasa?

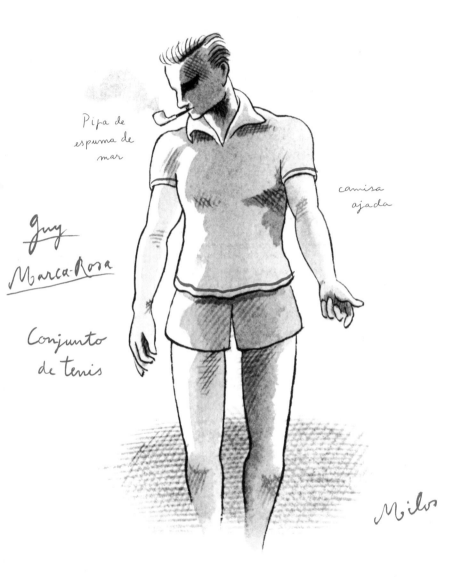

Pipa de
espuma de
mar

camisa
ajada

Guy
Marca-Rosa

Conjunto
de tenis

Milo

ALDO

Mira a tu alrededor... Esto es el Polo Norte...

GENEVIÈVE

¿Sales alguna vez de este piso?

ALDO

Cada vez menos.

GENEVIÈVE

¿Qué haces, todo el día?

ALDO

Pues mira, desde hace unos días, cierro los ojos y las imágenes aparecen... Es una película muy pero que muy interesante, Geneviève, y tú eres una de las estrellas...

GENEVIÈVE

Gracias.

ALDO

En esta película Guy tiene un papel importante... Y Louise también... Y Félix... Todos los Peter Pans...

GENEVIÈVE

Louise... ¿Tu novia?

ALDO

Tenía miedo de que cambiase de opinión y me casase contigo... Siempre decía: «¿No te parece que soy fea en comparación con Geneviève?». Mi pobre Louise...

Una pausa.

¿Y tú, Geneviève, qué haces con tu vida, allí, en las montañas?

GENEVIÈVE

¿De verdad quieres conocer mis ocupaciones? En verano, acompaño con frecuencia a Guy al club de tenis de Sankt Anton. Guy deambula en torno a las pistas de tenis como un drogadicto alrededor de un fumadero de opio...

ALDO

¿Ya no juega?

GENEVIÈVE

Una tarde me lo encontré borracho... Me explicó que no podía «servir»... Ya sabes que destacaba por su servicio... Pues bien, de la noche a la mañana no conseguía sacar. Entonces lo dejó... Se sentía como un mutilado. Hasta los niños le ganaban... (*Una pausa.*) En invierno, el club de tenis se transforma en escuela de esquí... Al principio, Guy quería esquiar, pero muy pronto abandonó. Así pues, nos quedamos todo el día en el chalet... Ni siquiera lo veo... Percibo su presencia únicamente por el olor... El perfume Marca-Rosa se acerca, se aleja, se acerca... Distingo una sombra tirada en una butaca... Siempre lleva puesto

87

un viejo sombrero tirolés... No se afeita... Por la noche se queda sentado en su cama fumando en pipa... Habla de vuestros antiguos éxitos de los Peter Pans, o bien de la quiebra de los perfumes Marca-Rosa... Hacia las diez de la noche se pone a llorar... Me dice: «Geneviève, tendría que haberle hecho caso a papá cuando me aconsejaba que aprendiera un oficio manual... Tendría que haberme inscrito en una escuela de artes y oficios...».

ALDO
¿Una escuela de artes y oficios?

GENEVIÈVE
Sí. Una escuela de artes y oficios. Se duerme en el suelo, con la pipa todavía en la boca... Y así cada noche... ¿Sabes a qué me recuerdan, nuestras montañas austríacas? A Saigón...

ALDO
¿De verdad?

GENEVIÈVE
A Saigón cuando tenía seis años. Cada tarde acompañaba a mi padre al bar del Continental, en la calle Catinat, y lo miraba beber sus pernods con hielo...

ALDO
Pobre hombre...

GENEVIÈVE

Exactamente como en el Arlberg... En el fondo, la nieve es lo mismo que el monzón... Papá se ponía junto a la ventana durante horas y miraba caer la lluvia... Igual que yo cuando miro la nieve... Y estoy segura de que él pensaba en lo mismo...

ALDO

¿En qué, Geneviève?

GENEVIÈVE

En que todo eso no acabaría nunca... Te aseguro que si vieras caer la nieve durante días y más días... Esa mierda de nieve... Tendríamos que haber vivido juntos, Aldo...

ALDO

No hubiese cambiado nada...

GENEVIÈVE

¿Sabes qué sueño a menudo? (*Mientras Geneviève habla, Aldo se tumba lentamente en el suelo.*) Que vivimos juntos en un bungaló en Indochina... Se parece al bungaló en el que vivía con mi padre cuando era niña... Las paredes son de madera de teca... Tendríamos que haber dejado Francia enseguida y marcharnos a un país como Indochina...

ALDO, *acostado, muy bajito*

Pero si Indochina ya no existe, querida...

GENEVIÈVE
¿Te acuerdas alguna vez de lo que fuimos?

ALDO
He encontrado una foto antigua... Seguramente
tomada en la terraza de arriba... Estamos Louise, tú,
yo, Guy... El gran danés que yo tenía entonces está
tumbado frente a nosotros... ¿Adivinas a quién se ve
en segundo plano?...

GENEVIÈVE
¿A quién?

ALDO
A nuestro querido Félix Decaulaert...

GENEVIÈVE
Me parece que está nevando, Aldo...

*En ese momento se oye a Guy llamar: «¡Gene-
viève!... ¡Geneviève...!».*

Risas. Música.

ALDO
Pero si estamos en agosto...

GENEVIÈVE
Está nevando, te lo aseguro... No parará durante
quince días...

90

Se oye de nuevo a Guy llamar: «¡Geneviève!»
Risas. Música.

ALDO
¡Tendrías que salir a tomar el aire a la terraza!

GENEVIÈVE
No se la oye, ¡pero cae sin parar!

ALDO
¡Sal un ratito a la terraza!

Se oye de nuevo a Guy llamar a Geneviève.
Risas. Música.

GENEVIÈVE, *en voz baja*
¡Hace tanto que miro caer la nieve!

Aldo se levanta y la empuja poco a poco hacia la te-
rraza.

ALDO
Claro, claro... Ve a tomar el aire...

GENEVIÈVE, *cándida, muy despacio*
¿Piensas en mí? ¿Te acuerdas de aquella noche en
que volvimos en un coche de punto después del toque
de queda?

Aldo la empuja hacia la terraza sin contestar.

Dime, ¿te acuerdas, Aldo?

Geneviève sale como una sonámbula.

Aldo regresa al centro de la habitación y se tumba en el suelo emitiendo un profundo suspiro.

Música, risas muy lejanas mientras la luz baja, luego se aclara lentamente, hasta convertirse en la luz soleada de un día de verano. Reflejos del sol sobre las paredes del salón. Louise duerme sobre el sofá.

Gente que entra en el salón, en grupos pequeños, hablando y llamándose a voces. Alboroto de conversaciones. Unos tras otros salen del salón y bajan la voz cuando descubren a Louise dormida. Todos llevan ropa veraniega.

UN RUBIO, *rodeado por dos o tres personas*
Adiós. Nos vemos mañana en el estudio de grabación.

(*Dirigiéndose a alguien y haciéndole una señal con la mano.*) ¿Vienes conmigo a casa de Jean, en Vernon?

EL OTRO
No puedo, tengo que ver a Pélissier.

EL RUBIO
Podrías haberlo dicho antes.

Se encoge de hombros y sale del salón seguido por dos o tres personas de las que le rodeaban.

Entra otro grupo, cuyos miembros discuten vivamente. Cuando descubren a Louise dormida sobre el sofá, bajan la voz y acaban por cuchichear.

UNO DE ELLOS
¿Pero tú has oído lo que ha dicho?

OTRO
Quiere quedar bien con todo el mundo...

EL PRIMERO
No, siempre dice lo que piensa... Los Peter Pans quieren romper su contrato con Leo Bayer...

OTRO
¡Si le oí decir lo contrario el otro día!

OTRO
Ahora no pretenderás que crea que van a firmar con Dorsay...

EL PRIMERO
Pregúntaselo a Aldo... Conoce a Georges desde hace mucho más tiempo que tú... Te explicará que, desde el principio, los Peter Pans no quieren...

No se llega a comprender lo que dicen. Sus palabras se pierden en un alboroto. Salen. Otros entran y salen del salón cuchicheando. Aparecen dos niños, vestidos con unos calzones de piel tiroleses. Caminan lentamente hacia el sofá donde duerme Louise. Se paran, muy cerca, y observan a Louise.

PRIMER NIÑO
Es la chica que canta «Muñequita rubia»...

El segundo niño se inclina hacia el rostro de Louise para verla mejor.

SEGUNDO NIÑO
¿Estás seguro de que es ella?

PRIMER NIÑO
Sí, sí... Es la que canta «Muñequita rubia»...

Louise se gira y abre los ojos. Los niños se escapan hacia la terraza y desaparecen. Louise se queda sola. De la terraza llegan oleadas de música y de risas.

Louise se levanta, adormilada.

LOUISE
Aldo... ¿Dónde estás?

No hay respuesta.

¡Aldo!

VOZ DE ALDO
¡Sí!

LOUISE
¿Vienes a la terraza?

VOZ DE ALDO
Más tarde. Tengo trabajo.

LOUISE
No es verdad.

Risa de mujer.

· Aldo... ¿Cuándo vamos a casarnos?

VOZ DE ALDO
Pronto.

LOUISE
Dijiste que sería en septiembre...

VOZ DE ALDO
Sí... Quiero que nos casemos el 20 de septiembre...

LOUISE
¿Ya has escogido a nuestros testigos?

ALDO
Sí. Guy será mi testigo y Félix el tuyo.

LOUISE
¿Ya puedo encargarle a Sweeney que me haga el

vestido? Ha tenido una idea formidable... Le gustaría que llevara un vestido de lana color lavanda... ¿Qué te parece?

ALDO

Buena idea...

LOUISE

¿Puedo entrar?

ALDO

No. Estoy ocupado...

LOUISE

Me gustaría saber quién está contigo... Estoy segura de que es Geneviève...

Risa de mujer.

Además, me importa un pito...
Tendrías que venir a la terraza a tomar el sol...

ALDO

Ahora mismo... Ahora mismo...

Se oyen risas y gritos procedentes de la terraza.

LOUISE

Hace un tiempo maravilloso, Aldo... París está tan tranquilo...

ALDO

Ahora voy...

LOUISE

¿Me quieres?

ALDO

Sí, te quiero...

LOUISE

¿De verdad? Júramelo...

Risas procedentes de la terraza. Gritos. Música. Estribillo de la canción «Muñequita rubia». La luz baja lentamente, hasta que la escena queda a oscuras, mientras Louise sale a la terraza y las risas y las voces se van alejando.

UNA VOZ DE HOMBRE, *en la oscuridad*

¿Qué, la fiesta continúa?

VOZ DE ALDO, *en la oscuridad*

¿Quién es?

LA VOZ

No veo nada... Encienda la luz, por favor...

Se oye a alguien caer al suelo.

Por favor, encienda la luz...

El ruido de un mueble al caer al suelo después de que alguien tropiece con él.

Nunca encuentro los interruptores...

VOZ DE ALDO
¿Quién es usted?

LA VOZ
Estoy muy lejos de usted... Voy a acercarme...

Se oye una respiración y el sonido de un hombre arrastrándose.

¿Me oye mejor, ahora?

Se oyen diversos objetos caer al suelo. Algunos se rompen.

Hábleme. Así podré localizarle y acercarme...

VOZ DE ALDO
¿Qué quiere que le diga?

LA VOZ
¡Una frase, una frase larga para que tenga tiempo de localizarle! Por ejemplo una canción, será más sencillo...

Siguen unos segundos de silencio absoluto.

Aldo Egherling

Atuendo de
montaña

La raya del
pantalón debe estar
impecable

chaqueta
de esquí
reversible de
pana beige
y tartán

Pantalón de tubo

Milos

Se oye un silbido. Es la melodía de «Muñequita rubia».

Otra vez...

Se oye de nuevo el sonido de un hombre arrastrándose.

Por favor...

De nuevo, el silbido de la melodía de «Muñequita rubia».

Una pausa.

De nuevo, el silbido.

Intentemos acercarnos el uno al otro...

De nuevo, el silbido.

Creo que estoy muy cerca de usted, ahora...

Vuelve la luz, lentamente. Aldo está sentado. Félix Decaulaert está de pie frente a él.

FÉLIX
Discúlpeme...

ALDO
Me ha asustado...

FÉLIX
Lo siento... Vengo a visitar el piso...

Una pausa.

ALDO, *observándolo*
Tengo la impresión de haberle visto antes en alguna parte...

FÉLIX
No lo creo.

Una pausa.

ALDO, *gesto cansado*
Bueno... Pues aquí tiene el salón...

FÉLIX
No... No se moleste... Conozco este sitio tan bien como usted. Podría decirle incluso dónde están los muebles... Basta con que cierre los ojos... (*Camina como un ciego.*) Aquí, el escritorio de Madame de Staël... Rodeado de divanes... Allí, sobre la chimenea, el busto de Buffon... A cada lado había estantes con libros... A este lado (*señala a la derecha*), la colección de novelas policíacas Le Masque... toda AMARILLA... Y a este otro lado, todos los libros de la colección Nelson... Portada blanco hueso con una cenefa verde o malva...

ALDO
¡Cuántas cosas sabe usted!

101

Viví en este piso con unos amigos... Teníamos un grupo musical: Louise Bermondsey y sus Peter Pans... Aldo Eykerling tocaba la batería... Louise, nuestra cantante, era una chica encantadora, la novia de Aldo... Y otra amiga: Geneviève... Geneviève Werner... Y también Guy Marca-Rosa, que tocaba el bajo... El heredero de los perfumes... Yo tocaba la guitarra... Aldo me pedía amablemente que le preparara un aperitivo, el doble axel, mi especialidad... Louise, tumbada sobre uno de los divanes, leía una novela policíaca de la colección de Le Masque... Wolf, el gran danés de Aldo, estaba acurrucado... Aldo llamaba por teléfono... No paraba de hacer llamadas misteriosas... La tarde caía... Teníamos todos un vaso en la mano... Creo que nunca conocí un grupo de personas tan... civilizadas... como Louise Bermondsey y sus Peter Pans...

De repente en voz muy baja, casi tímido.

Oh, le estoy aburriendo... ¿Le apetece un caramelo relleno? (*Le tiende un paquete que ha sacado de un bolsillo interior. Aldo coge un caramelo.*)

ALDO
Gracias.

FÉLIX
Ya no se encuentran, de esta calidad, en París... (*Félix coge también un caramelo y lo mastica.*)

Qué cremoso... (*Mastica.*) Aldo tenía debilidad por los Ploums-Plouviers...

Aldo mastica concienzudamente su caramelo.

Cuando acabábamos de tocar o grabar una canción, Aldo siempre me preguntaba: «¿No tendrías un Ploum, amigo mío?»

Aldo mastica el caramelo.

Todo esto no le puede decir nada... son cosas tan personales... tan sutiles...

ALDO

Lo entiendo.

FÉLIX

Habíamos logrado un gran éxito, en aquellos años, gracias a una canción que cantaba Louise: «Muñequita rubia»... Se había convertido en el símbolo de nuestra unión con Aldo, Louise, Guy Marca-Rosa y Geneviève Werner... El himno nacional de nuestro grupo... «Muñequita rubia»...

Aldo se levanta poco a poco y se pone a silbar la melodía de la canción. Félix lo mira, estupefacto.

Una pausa.

(*Estupefacto.*) Aldo... (*Una pausa.*) No te había reconocido...

ALDO

Lo entiendo...

FÉLIX *lo observa*

Dios mío... Ahora eres... Ahora eres un señor.

ALDO

Casi.

FÉLIX

¿Y vas a dejar nuestro piso?

ALDO

¡Sí, por fin!

FÉLIX

Qué lástima.

ALDO

Ya no queda nada de nosotros, aquí...

FÉLIX, *avergonzado*

No te reconocía, pero me alegra mucho volver a verte.

ALDO, *molesto*

¿Y tú? No he tenido noticias tuyas desde... (*Gesto evasivo.*)

FÉLIX, *muy alegre*

Tuve un accidente... acuérdate... Pasamos una

última Nochevieja juntos, Louise, Geneviève, Guy, tú y yo..., ¿verdad? Tú ibas a casarte con Louise... Yo había firmado un contrato para ir a tocar a Alemania... al Eden de Hamburgo...

ALDO
¿Por qué?

FÉLIX
Quería reunirme con un amigo que había tenido que marcharse allí. Una noche, en el Eden, estaba en el escenario y tocaba... tocaba «Muñequita rubia»...

Se pone a cantar el estribillo de la canción. Aldo lo acompaña silbando.

Hubo un bombardeo... Tendríamos que haber evacuado la sala inmediatamente... Yo morí en el acto...

ALDO
¿Un bombardeo? ¿Por qué un bombardeo? ¿Qué año era?

Félix se pone otra vez a silbar los primeros compases de la canción.

FÉLIX
¿Y Louise?

ALDO
Se suicidó hace mucho tiempo.

105

FÉLIX

¿Louise se suicidó? ¿Se suicidó? ¿Por qué?... ¿Al final te casaste con ella?

ALDO

No.

FÉLIX

Pero si ella no quería otra cosa...

Aldo baja la cabeza.

Llevaba vestidos de verano y sombreros con pájaros y plumas... Era rubia... ¡Ah! Lo que me llegué a divertir con ella... Cometiste un error al no casarte con ella...

ALDO

¿Tú crees?

FÉLIX

Era tan ligera... Una voz maravillosa... Si «Muñequita rubia» tuvo éxito fue gracias a ella... Hacíais tan buena pareja...

ALDO

¿De verdad?

FÉLIX

¿Has seguido con la música?

ALDO

No, pobre amigo mío. Me dediqué a la medicina... Me inhabilitaron...

FÉLIX

¿Quieres que te prepare un doble axel?

ALDO

No, gracias.

Félix se pone a silbar lentamente el estribillo de la canción. La luz ha bajado. Aparecen Guy Marca-Rosa, con la pipa en la boca, y Geneviève. Guy y Geneviève se quedan inmóviles unos segundos, mirando a Félix.

FÉLIX, *rompiendo el silencio*

Félix Decaulaert. Artista de variedades. Belga.

GUY

¿Félix? ¡Pero si es Félix! (*Una pausa.*) ¡Félix! ¿No me reconoces?

Félix los mira a su vez.

FÉLIX

No.

GUY

¡No me lo puedo creer! ¿No me reconoces? ¿Y a ella?

FÉLIX

No.

GUY, *indignado*

¡Vamos, hombre!

FÉLIX

Lo siento... pero...

GUY

Yo he reconocido nuestra canción...

Silba los primeros compases de la canción.

FÉLIX, *vagamente inquieto*

Es un éxito de Louise Bermondsey y sus Peter Pans...

GUY, *llevándose la pipa a la boca*

¡Bobo! ¡Yo también era un Peter Pan!

Le tiende la mano.

¡Huele! (*Le pega la palma de la mano a la nariz.*)

FÉLIX

¡Arboleda de Apolo, de Marca-Rosa!

GUY

¡La última obra maestra de papá! ¡Con una nota dominante de jazmín!

FÉLIX, *estupefacto*

¡Guy!...

GUY, *con la pipa en la boca*

El mismo, querido. (*Señalando con la pipa a Geneviève.*) Y también conoces a la señora Marca-Rosa...

FÉLIX

Me parece que no.

ALDO

Sí, sí, la conoces...

GUY, *todavía señalándola con la pipa*

Vamos a ver... La señora Marca-Rosa, de soltera Geneviève Werner... ¿Te suena?

Félix no se mueve, aturdido, y los mira con atención uno por uno.

¿Tanto hemos cambiado?

FÉLIX, *aún aturdido, mirándolos*

¡Sí! ¡Habéis cambiado mucho!...

GUY

Tú no... Tú todavía tienes tu cara de joven músico belga... Estoy encantado de volver a verte. ¿Qué ha sido de ti?

109

ALDO
Murió en Hamburgo, durante un bombardeo.

GUY, *afligido*
¡Oh!... Disculpa...

FÉLIX
Así fue... Si no hubiese caído una bomba sobre el Eden de Hamburgo, aquella noche, ahora sería un señor de edad madura, como tú y como Aldo... Un viejo Peter Pan... (*Se gira hacia Geneviève.*) ¿Usted es Geneviève Werner?

GENEVIÈVE
¿Por qué me tratas de usted, Félix?

FÉLIX
Usted ya no es la señorita Geneviève Werner...

GUY
¿Y qué? ¿Te parecía genial ser «la señorita Geneviève Werner»?

FÉLIX, *despreciativo*
Acuérdate de lo que era la señorita Werner...

GENEVIÈVE
Yo apenas lo recuerdo.

GUY
Yo tampoco...

FÉLIX, *pensativo y apenado*
¡Qué le vamos a hacer!

GENEVIÈVE
Mejor dicho: prefiero no acordarme...

GUY
Haces muy bien, querida...

GENEVIÈVE, *sonriente*
En el fondo, no era nada del otro mundo ser la
señorita Geneviève Werner...

FÉLIX, *cortante*
Le ruego que me disculpe... señora. Si Geneviève
Werner entrase ahora mismo en esta sala, pues...

GUY, *fuera de quicio*
¿Adónde quieres llegar con tus «señorita Geneviève Werner», eh?

FÉLIX, *despreciativo*
La conocías tan poco...

GUY, *fuera de quicio*
¡Mejor que tú, imbécil!

FÉLIX
¡Eso sí que no!

*Da unos pasos y abofetea a Guy. La pipa de Guy
cae al suelo.*

111

GUY
Mi pipa...

Se inclina para recoger su pipa con precaución y la examina desde todos los ángulos como si temiera que hubiese quedado inservible.

ALDO
Vamos a ver, Félix... Ahora somos mayores que tú y nos debes un respeto...

FÉLIX
No consigo acostumbrarme a la idea de que sois vosotros...

GUY
Aldo... Había alguien en la terraza... Quizás lo he soñado, pero al acercarme me ha parecido reconocer a Louise...

FÉLIX, *trastornado*
¿Louise está aquí?

GENEVIÈVE
Hemos pasado junto a ella, pero no nos ha prestado ninguna atención...

FÉLIX
¡Tengo que verla! Louise...

112

ALDO

¡Déjala en paz, Félix! ¡Todo esto es un sueño!

FÉLIX

Louise... Mi querida Louise... ¿Os acordáis de la Nochevieja?

GUY, *todavía mirando su pipa*

¿Qué Nochevieja?

FÉLIX

Louise y yo fuimos a buscaros... Estabais en la plaza Henri-Paté con Leo Bayer y la pandilla de los rusos...

GENEVIÈVE

Qué memoria tienes...

FÉLIX, *mirando fijamente a Guy*

¡Qué ocurrencia ir vestido como para jugar a tenis!

GUY

¿Te parece?

FÉLIX

¡Te sentaba tan bien entonces esa ropa! Parecías Johnny Weissmüller e incluso estaba un poco enamorado de ti...

GUY

¿Es cierto eso?

113

FÉLIX

He dicho un poco. Porque no eras mi tipo. No me gustaban los rubios, me parecían demasiado dulzones.

GUY

¿Demasiado dulzones?

FÉLIX

Sí. Ahora ya no tendrías que llevar ese conjunto de tenis... Pareces un viejo maniquí de una tienda de deportes...

GUY, *inquieto*

¿Cómo?

FÉLIX

¿No tengo razón, Geneviève?

GENEVIÈVE

Claro que tienes razón...

ALDO

Eso no es muy amable por tu parte, Geneviève...

FÉLIX

Y tú... tú eras tan bonita... tan agradable... tan tímida. Te recuerdo con un traje de chaqueta color crudo, muy veraniego... Con tu bolso en bandolera como se llevaba en la época... Y un turbante azul pastel...

GENEVIÈVE, *niña pequeña*
¿De verdad? ¿Todavía me recuerdas?

FÉLIX
¿Por qué os habéis convertido en esos...? (*No da con la palabra... Menea la cabeza.*)

ALDO
Tienes la intransigencia de la juventud, mi querido Félix... Pero entiendo que te sientas decepcionado al encontrarnos a los tres en esta habitación vacía en la que tantísimas cosas bellas y emocionantes pasaron hace tanto tiempo... Tendríamos que hacer una reconstrucción histórica en tu honor... La reconstrucción de una noche de verano en este piso... Penumbra azul... Yo estoy al teléfono... Tú, Félix, preparas un doble axel... Y tú, Geneviève, estás en mi habitación, estirada en la cama...

GUY
¿Qué?

ALDO
Geneviève, tal como era en aquellos años...

GUY, *inquieto*
¡Alto ahí! ¿Qué es eso de que Geneviève está en tu habitación estirada en la cama? ¿Qué quiere decir esto, Geneviève? ¿Te veías con Aldo a mis espaldas?

Única nota
de color:
la butaca
cubierta de una
tela de seda
rosa vivo

El piso

Sensación
de gran luminosidad

Milo

GENEVIÈVE, *como si no lo recordara*
Sí, me parece...

GUY
¿Y no me lo decías?

GENEVIÈVE
Ya no tiene ninguna importancia.

GUY
¡Claro que la tiene!

FÉLIX
¡Métete en tus asuntos!

GUY
¡Os veíais a mis espaldas!... ¡A mis espaldas!

ALDO
¿Y qué?

GUY
¿Y qué hacíais cuando estabais juntos?

ALDO
Un montón de cosas, Guy.

GUY
¡Pero si era mi prometida!

ALDO
Geneviève vino a verme al día siguiente de que anunciarais vuestro compromiso y me dijo: «¿Te das cuenta de que estoy prometida con el cabestro?».

GUY
¿El cabestro? ¿Es verdad, Geneviève? ¿El cabestro?

GENEVIÈVE
Sí.

GUY
Así pues... Estábais... (*Hace un gesto con la mano yendo de uno a otro.*)

GENEVIÈVE
Sí, por supuesto.

GUY, *voz débil, a Félix*
¿Te das cuenta?... Le presenté a Geneviève antes de que formáramos el grupo... El padre de Geneviève y papá se habían conocido en Indochina cuando eran niños...

ALDO
¿Crees que esta historia todavía puede interesarle a alguien?

FÉLIX
Pues a mí sí me interesa.

119

GUY

Papá y su padre querían que nos casáramos... En recuerdo de sus años en Indochina...

ALDO

Nos vas a hacer llorar, Guy, con tu novela colonial...

GUY

Después papá asumió la dirección de los perfumes Marca-Rosa... Werner, por su parte, había dejado Saigón y se había instalado en Niza con su hija Geneviève... Cuando Geneviève cumplió dieciocho años fui a buscarla a Niza en coche...

ALDO

¡Un verdadero folletín!

FÉLIX, *cortante*

¡Déjale seguir! ¡Me parece una historia conmovedora!

GUY

Llevaba una foto para poderla reconocer... La traje a París... Me dijo que era su príncipe azul... ¡Me lo dijiste, Geneviève!...

GENEVIÈVE

No lo recuerdo...

120

GUY
Teníamos dieciocho años los dos... Geneviève vivía en nuestra casa de la calle Oswaldo-Cruz... Papá la adoraba... Luego formamos nuestro grupo de los Peter Pans. ¡Le presenté a Aldo! ¡Y ya ves!...

ALDO
Pero si de todo eso hace al menos un siglo...

GENEVIÈVE
¡No seas ridículo, Guy!

GUY
Cuando pienso que aprovechabais mis ausencias para...

ALDO
Con la perspectiva de los siglos, qué fútil parece todo eso...

GUY
Entonces... ¿no me querías?

GENEVIÈVE
¿Qué importancia puede tener eso?

GUY
Yo creía que al menos... en aquella época me habías querido...

GENEVIÈVE, *meliflua*
¡Cuando pienso que ni siquiera eres capaz de sostener una raqueta de tenis!

GUY
¿Y tú? ¿Crees que alguien puede desearte todavía?

GENEVIÈVE
¡Pregúntaselo a los monitores de esquí de Zurs! ¡Me he acostado con todos! ¡Y hasta en los vestuarios!

Poco a poco salen de escena, sin dejar de insultarse.

GUY
¡Cochina!

FÉLIX, *absorto en un sueño*
Hacíais tan buena pareja, en la época de los Peter Pans... Como Aldo y Louise... Formabais un cuarteto... magnífico...

GENEVIÈVE
¡Te la puedes comer con patatas, tu porquería de nieve austríaca! ¡Si crees que voy a volver a esas montañas de mierda!

GUY
¡Por supuesto que volverás! ¡Te ataré como a una perra!

Han salido a la terraza y el sonido de su pelea decrece lentamente.

VOZ DE GENEVIÈVE

¡Jamás! ¿Me oyes? ¡Jamás volveré a Austria! (*Casi llorando.*) ¡Quiero dejar de vivir en ese chalet lúgubre! No quiero morir bajo la nieve...

FÉLIX

Tan buena pareja...

VOZ DE GUY

Geneviève... Hemos pasado tan buenos momentos en el Arlberg... Las tardes en Sankt Anton... ¿Te acuerdas de aquel café donde había un músico que tocaba la cítara? ¿Y cuando fuimos al cine a ver aquella película antigua en la que actuaba... cómo se llama...?

VOZ DE GENEVIÈVE

Déjame en paz... Es culpa tuya... Vivir en plena montaña con un desecho humano como tú...

VOZ DE GUY

¿Desecho humano?... ¿Desecho humano?...

Una pausa.

Guy reaparece en el salón, como un sonámbulo. Se mantiene muy rígido, al fondo.

123

GUY, *espectral*

Dime, Aldo... ¿Crees que podríamos reunir al grupo de los Peter Pans?

La luz baja progresivamente, hasta que la escena queda a oscuras. Luego vuelve. Guy ha desaparecido.

FÉLIX, *estremecido*

¿Un doble axel, Aldo?

ALDO

No, gracias.

FÉLIX

Nos sentaría bien... No me cuesta nada... un poco de Cointreau... una gota de Suze... una corteza de limón...

ALDO

No. De todas formas, los limones ya no son como los de antes.

FÉLIX, *estremecido*

Nunca lo hubiese pensado...

ALDO

¿El qué?

FÉLIX

Que Guy y Geneviève acabarían así... Eran tan despreocupados entonces... Tan ligeros... tan alegres... Eran puro champán...

124

ALDO

¿Te avergüenzas de nosotros, verdad?

FÉLIX

Me haces mucha gracia, Aldo, cuando hablas así...

ALDO

¿Sabes qué me gustaría hacer, esta noche? Dar un paseo contigo y con Louise por el barrio de la Porte Dorée, donde nos conocimos y formamos nuestro grupo de los Peter Pans... Nunca tendríamos que haber dejado el barrio... Seguimos la calle Rivoli, hacia el oeste... Tendríamos que detenernos pero continuamos... llegamos a la plaza de la Concordia... A partir de ahí, imposible pararse... Continuamos caminado hacia el oeste... Hemos comprado el piso, las tres terrazas superpuestas, el laberinto de vegetación, el emparrado, el césped y los matorrales de ligustro... Yo tenía una novia... ¿Crees de verdad que Louise sufrió por mi culpa?

Mientras Aldo hablaba, Louise ha entrado desde la terraza. Contempla a Félix, estupefacta.

LOUISE

¡Félix!

Félix se gira.

Estupefacto, la mira avanzar hacia él.

FÉLIX
No es posible... ¡Louise!

La toma por los hombros y la besa.

ALDO
¿Te has quedado todo el rato en la terraza?

LOUISE
¡Sí! El aire era muy agradable... miraba las luces
de París... (*Radiante, girándose hacia Félix.*) ¿Y tú qué
estás haciendo aquí?

Lo toma afectuosamente por el brazo.

FÉLIX
¡No has cambiado, Louise!

LOUISE
¡Tú tampoco!

*Louise se pone a silbar los primeros compases de
«Muñequita rubia». Los dos se echan a reír.*

ALDO
¡Por fin un poco de alegría en esta casa!

FÉLIX
¡Se ha hecho tarde! Hemos tenido unos visitantes
bien extraños...

LOUISE

¿La pareja que he visto en la terraza?

FÉLIX

¡Adivina quiénes eran! ¡Geneviève y Guy!

LOUISE, *estupefacta*

¿De verdad? ¿Y tú, Félix, a qué te has dedicado desde los Peter Pans?

FÉLIX

Díselo, Aldo.

ALDO

Murió en Hamburgo durante un bombardeo.

LOUISE

¡Oh! Mi pobre Félix...

FÉLIX

¿Y tú? Al parecer...

LOUISE

No hablemos de cosas tristes... Félix... ¿Te gusta mi vestido?

Félix mira atentamente a Louise.

Sweeney me lo ha hecho especialmente para esta noche...

FÉLIX
Espera... Hay algo que falla...

Con la mano, corrige un pliegue del vestido.

Ahora sí... (*Una pausa.*) ¿Y si os preparara un doble axel?... ¿De acuerdo, Aldo?

ALDO
De acuerdo.

FÉLIX, *saliendo de la habitación*
¿Las botellas siguen en el mismo sitio?

ALDO
En el mismo.

FÉLIX
Ya veréis qué doble axel...

Sale.

LOUISE
Qué lástima... Si hubiese sabido que eran Guy y Geneviève, habría hablado con ellos...

ALDO
No están en su mejor momento, ¿sabes?...

LOUISE
¿Todavía se acordaban de Louise Bermondsey?

ALDO

Claro.

LOUISE

Y tú, Aldo, ¿estás más animado que hace un rato?

ALDO

¿Me guardas rencor por no haberme casado contigo? Fui burro... Tenía veinte años... ¿Me guardas rencor?

LOUISE, *con una sonrisa*

Claro que no, Aldo... Ya no... Era en otra vida, cuando hacíamos planes para reformar el piso. A mí me hubiese gustado una habitación con paneles de madera azul celeste.

Entra Félix, llevando una bandeja de aperitivos.

FÉLIX, *muy alegre*

¡El doble axel!

Deposita la bandeja en el suelo y tiende un vaso a Louise y luego otro a Aldo.

Louise... Aldo...

Toma un vaso a su vez.

Hemos de celebrar nuestro reencuentro... ¡Y también el año nuevo! ¡Hagamos como si fuera año nuevo!

ALDO, *brindando*
¡Por nuestro reencuentro!

FÉLIX
Por cierto, Aldo, ¿qué año celebramos?

ALDO
No tiene importancia. Celebramos el año nuevo...

LOUISE
Sí... ¡El año nuevo!

ALDO
¡Feliz año, chicos!

LOUISE, *muy alegre*
¡Feliz año!

FÉLIX, *levanta su vaso*
¡Por el año nuevo! ¡Un año lleno de felicidad!

Louise se dirige, con el vaso en la mano, hacia la ventana.

LOUISE
Está nevando. ¡Venid a verlo!

Félix y Aldo se reúnen con ella frente a la ventana.

FÉLIX

¡Es verdad, está nevando!

ALDO

¡Vaya! ¡En pleno mes de agosto!

FÉLIX

Hay alguien sobre el muelle... Fijaos... Una especie de estudiante cuarentón vestido con una bata gris y unas pantuflas... Está junto a un coche que parece una carroza fúnebre, y del que sale el ruido de un motor diésel... El aire agita su bata gris... Va en pantalón corto... Tiene una cara afilada de cuervo...

ALDO

¡Por supuesto!... ¡Es Séverin!... Es un antiguo compañero del instituto... Guy tenía razón...

FÉLIX

Se ha recostado sobre el coche... Saca una manzana del bolsillo... Y una navaja de una funda de cuero... Está pelando cuidadosamente la manzana... La nieve le resbala... Parece un espantapájaros... Y ese sonido tan triste del motor diésel...

LOUISE

¡Oh! Nos está tirando bolas de nieve...

ALDO

Como en el patio del instituto... ¿No te acuerdas de ese enterrador, Félix? Era el primero de la clase...

131

No le gustaban las mujeres, ni los hombres... Quería entrar en la École Normale Supérieure...

FÉLIX
¿Crees que se va a quedar mucho rato así, esperando bajo la nieve? Mira... Ha sacado un tirachinas del bolsillo... Seguramente nos habrá visto asomados... Apunta hacia nosotros...

ALDO
Cuando te vayas le darás de mi parte a ese fantasma un par de zapatos viejos que tengo preparados para él... La caja está en el suelo... Y le dices que no vale la pena dejar el motor en marcha y esperar... Aún no estoy muerto...

Aldo arrastra a Félix y Louise hacia el centro del salón.

¡Me alegra tanto que hayáis venido esta noche! Me siento tan solo y tan viejo...

LOUISE
Qué bien que te acuerdes todavía de nosotros, Aldo...

ALDO
Cuando me haya ido ya nadie más se acordará de vosotros...

LOUISE
No pienses en ello, Aldo. ¿Qué importancia tiene?

FÉLIX
Por supuesto... No pienses en ello... Esta noche todavía estamos aquí...

ALDO
¿Os importa si me tumbo un momento?

Se tumba en el suelo. La luz baja progresivamente.

(*En el suelo.*) Aquella noche estábamos todos reunidos alrededor de una mesa de Nochevieja...

FÉLIX
¿Otro doble axel, Aldo?

No hay respuesta.

¿Un Ploum-Plouvier?

No hay respuesta.

LOUISE
Creo que se ha dormido.

Louise pone un dedo sobre sus labios, toma a Félix del brazo y lo arrastra. Salen de puntillas del salón sumergido en penumbra, dejando a Aldo tumbado en el suelo. Antes de desaparecer, Louise apaga la luz. Oscuri-

dad. Sonido de pasos que se alejan por la escalera. Alguien silba la melodía de la canción «Muñequita rubia». El silbido disminuye. Oscuridad. Silencio. Luego la luz vuelve lentamente e ilumina el salón de un chalet de montaña. Aldo está tumbado en el sofá, como al principio.

La puerta se abre y Guy y Geneviève entran ruidosamente. Él va en esmoquin, ella vestida de noche. Guy lleva una bolsa de cotillón. Sopla en un matasuegras que se despliega emitiendo un sonido grotesco.

GUY
Despierta, Aldo... Despierta...

Se acerca al sofá y sacude a Aldo por los hombros. Este se despierta lentamente y descubre a Guy y a Geneviève a su cabecera.

ALDO, *frotándose los ojos*
Disculpadme... ¿Qué hora es?

GUY
Las ocho.

GENEVIÈVE
Vamos a celebrar la Nochevieja, Aldo...

Aldo se levanta tropezando.

134

ALDO

Tengo que cambiarme...

GUY

No hace falta... ¿No te parece que Geneviève está muy guapa, esta noche?

Aldo la mira.

ALDO, *un poco aturdido*

Sí, está muy guapa.

GENEVIÈVE

Gracias, Aldo.

ALDO

He tenido un sueño muy extraño... ¿Me podéis decir qué edad tenemos, exactamente?

GENEVIÈVE

Treinta y nueve años, Aldo.

ALDO

¿Estás segura de que no somos más viejos?

GENEVIÈVE

No está mal, treinta y nueve años.

ALDO

He soñado que éramos todavía más viejos. Esa historia de bombardeos en Hamburgo... Y un coche de punto después del toque de queda...

135

Guy se dirige a un espejo y se recoloca la pajarita. Silba la canción «Muñequita rubia». Aldo parece estupefacto.

GENEVIÈVE
Aldo, ¿qué te ocurre?

Guy continúa silbando la canción frente al espejo.

Aldo se gira hacia él.

ALDO, *con voz temblorosa*
Guy..., esa melodía que estás silbando...

GUY
Sí, ¿qué le pasa?

ALDO
¿No te recuerda nada?

GUY
¿Qué melodía?

Aldo silba a su vez los primeras compases de la canción.

(*Distraídamente.*) No, no me recuerda nada...

GENEVIÈVE, *arrugando las cejas*
Yo conozco esa melodía...

Guy la silba de nuevo.

GUY *se encoge de hombros*
Sí, me suena de algo...

ALDO, *serio*
¿Esta melodía no os recuerda nada?

GUY
No...

ALDO
¡Claro que os suena, por favor! Era...

GUY, *arrastrándolo por el brazo*
Venga... vamos... Llevamos retraso.

GENEVIÈVE, *arrastrándolo también*
No te arrepentirás... En casa de nuestros amigos hay muy buen ambiente.

Lo arrastran los dos hacia la puerta del salón.

Bailaremos toda la noche...

ALDO, *todavía adormilado*
¿Estáis seguros de que me dejarán entrar vestido así?

GUY
Claro que sí, bobo... En Nochevieja todo está permitido...

Guy abre la puerta y sale.

Geneviève toma a Aldo por los hombros. Están de pie frente a la puerta. Ella levanta la cabeza hacia él.

GENEVIÈVE
¿No oyes un motor diésel?

Aldo la mira. Niega con la cabeza.

Una pausa.

(*Con voz inquieta.*) Resistimos bien, nosotros tres, ¿verdad, Aldo?

Aldo la mira sin responder. No se mueven. Parecen petrificados.

Lentamente, la oscuridad.

El Teatro de las Artes fue creado en 1927 por Paul O'Donnell y Max Viterbo. Los dos directores quisieron construir la sala de sus sueños: una pequeña «bombonera» azul y oro capaz de albergar, sin embargo, hasta seiscientas localidades. El teatro se consagró a la comedia y la revista. Se representaron, entre otras obras: *El convento del silencio*, de Hansewick y Viterbo; *Kiki*, de André Picard; *Raffles*, de Dario Niccodemi; *¡Viva Boulbasse!*, de Régis Gignoux; *El amor a la pachá*, de Max Eddy y Maurice Rumac; *Chubascos*, de René Jeanne; *La perra mecanógrafa*, de Roignant; *Muy bajito*, de Djem-Dax y Ferréol; *El torbellino*, de Henri Béchade; *El escándalo de Deauville*, de Rip y Gignoux; *Los trastornados*, de Palau y Olaff; *De juerga*, de Kistemaeckers...

Tras la muerte de Paul O'Donnell, su mujer asumió la dirección del Teatro de las Artes e impuso con éxito «Las matinales clásicas» (*El candelero*, de Alfred de Musset; *Los celos de Barbouillé*, de Molière; *La carroza del Santísimo Sacramento*, de Prosper Mérimée), así como «Los viernes del music-hall». Algunas temporadas se consagraron al drama policíaco. La señora O'Donnell presentó, además, brillantes versiones de obras de Tristan Bernard, Jacques Deval, Louis Verneuil, Yves Mirande, Steve Passeur, Marcel Achard, Noël Coward...

LOS PERFUMES

DESMA

PARÍS

GUANTES

Maurin

Château
BAGATELLE

CABARET

20 RUE DE CLICHY

CHIC · LIMPIO · ALEGRE

★

MONICO

El Cabaret Mexicano

66 RUE PIGALLE · Trinité 57·26   PARÍS 9

La Villa Carlotta

7, RUE ARSÈNE·HOUSSAYE

UNA MARCA

Paule
Roche

UN ESTILO